MÉMOIRE

SUR LES ENGRAIS

TIRÉS DES IMMONDICES

ET DES

LATRINES DE GRENOBLE,

Par M. Berriat-Saint-Prix;

Inséré dans l'Annuaire de l'Isère de 1808.

GRENOBLE,

Chez J. Allier, Imprimeur, 1808.

MÉMOIRE sur l'engrais tiré des boues et autres immondices (1) *des rues de la ville de Grenoble, rédigé au mois de pluviôse an onze, par M. Berriat-Saint-Prix.*

Les fermiers & cultivateurs de la plaine de Grenoble, dite *les Granges*, ont depuis un tems immémorial, & en vertu de conventions faites avec la municipalité, le droit exclusif de recueillir les immondices qui se trouvent dans les rues de cette ville : nous disons le droit exclusif parce qu'ils peuvent empêcher, par le moyen de leurs syndics, & en recourant à l'autorité municipale, tous autres particuliers, les cultivateurs mêmes résidans hors du territoire de la commune, de recueillir cet engrais. (2).

Cette espèce de privilège qui, dans beaucoup de lieux (3), serait considéré comme une charge très-lourde, n'a été accordé aux cultivateurs des Granges, que sous la condition qu'ils emporteraient hors de la ville les déblais dont ils ne peuvent tirer aucun parti pour l'agriculture, tels que les neiges, les glaces (4), les corps morts des animaux, &c.

(1) Cet engrais se nomme vulgairement le *raclun*.

(2) Il arrive néanmoins très-souvent que plusieurs particuliers, sans en avoir le droit, recueillent l'engrais pour le vendre à des cultivateurs. Les habitans des quartiers situés le long de l'Isère, tels que ceux de Saint-Laurent, de la Perrière & du Bœuf, recueillent aussi celui de leurs rues, qui est vendu communément à des bateliers et exporté dans les communes voisines. L'engrais des fauxbourgs est recueilli directement par les cultivateurs qui y résident.

(3) Dans plusieurs grandes villes on paye très-chèrement le nétoyage des rues. La distance ne serait pas cependant un obstacle à ce qu'on y prit le *raclun*, si l'on savait en tirer parti, puisque des cultivateurs éloignés de quatre milles de Grenoble, y envoient leurs domestiques pour le ramasser.

(4) Les glaces ne sont pas toujours inutiles. Celles qui se forment vis-à-vis des égouts un peu considérables, s'imprègnent de leurs écoulemens, ainsi que de l'urine, c'est-à-dire, des élémens les plus actifs du *raclun*. On les transporte souvent sur les prés, même sur les blés, qu'elles fécondent en se fondant.

A

Lorfque le tems du dégel arrive, les propriétaires ou locataires brifent les glaces qui fe font formées vis-à-vis leurs maifons & ils les amoncèlent. Les fermiers des Granges, fous la furveillance de leurs fyndics, font chargés de les tranfporter jufques au-delà des murs, ou jufques à l'Ifère (où ils les jettent) dans les quartiers voifins de cette rivière.

Les cultivateurs envoient chaque jour & ordinairement de très-grand matin, leurs domeftiques pour recueillir les boües & immondices dans un tombereau, plein de litières, foit paillé, foit chenevottes, foit fane de pommes de terre, & attelé d'un cheval. Ce tombereau a environ 5 pieds & demi de longueur, fur 2 & demi de largeur & un feulement de hauteur ; mais on a des alonges ou *empares* qu'on fixe fur les côtés, à l'aide de deux charnières, & qu'on peut élever felon l'abondance du *raclun*, jufques à trois pieds au-deſſus du fond du tombereau. Dans ce dernier cas, il y a un intervalle entre le côté du tombereau et l'empare, mais le fumier étant comprimé ne s'échappe point par cet intervalle... Si les immondices recueillies ne font pas mêlangées, le tombereau, muni des empares, peut en contenir jufques à 25 quintaux ; mêlangées avec la litière, il n'en renferme que 10 quintaux.... Au refte, le tombereau eft un peu plus large à fon extrémité que du côté du brancard, afin qu'en l'abaiffant, le fumier tombe plus facilement.

Les domeftiques parcourent tous les quartiers fans diftinction. Ils s'arrêtent ordinairement dans la rue la plus boueufe. Ils en interceptent d'abord le ruiffeau, & ils forment une petite marre de l'eau qui s'y écoulait (1). Ils étendent enfuite leur litière fur les parties voifines de la rue. Ils entrent dans chaque cour, dont ils font fortir les immondices & les eaux d'égoût par l'ornière de l'allée. Enfin, ils balayent avec foin (2) jufques à une affez

----

(1) Dans les tems de féchéreffe on prend de l'eau, foit à la rivière, foit aux fontaines, & on arrofe la rue afin de pouvoir y recueillir l'engrais.

(2) Ils nettoient très-bien les rues, tandis que les compagnies de boueurs, dans d autres villes, n'emportent jamais en entier les immondices.

grande diftance & en fe rapprochant de la marre, les boues & immondices, & ils les mêlent, à fur & à mefure, avec les parties voifines de leur litière. Lorfque toute la litière, ainfi mêlangée de boue eft raffemblée près de la marre, ils l'arrofent en tout fens & en la remuant & divifant à chaque inftant. Ils la placent enfin dans le tombereau.

En fe retirant ils traverfent d'autres quartiers dont ils recueillent, fans employer la même préparation, les immondices qui fe trouvent fur leur paffage, & qu'ils jettent avec une pêle fur la fommité de la litière.

Il faut en général trois heures pour remplir un tombereau. Les fermiers les plus voifins de la ville en font remplir trois dans la même journée & par le même domeftique; les plus éloignés n'en obtiennent que deux. Les feuls inftrumens qu'on emploie font une pêle terminée en pointe & deux balais de bois, dont l'un qui eft très-ferré & très-rude, fert à nétoyer la rue & y recueillir la boue, & l'autre qui eft très-lâche, à raffembler la litière étendue fur le pavé, à tirer les immondices des cours & allées. Ces balais font bientôt ufés : leur renouvellement fréquent occafionne une dépenfe qui eft de quelque importance, lorfqu'il s'agit d'évaluer celles qu'occafionne l'engrais (1).

Les opérations que nous venons de décrire font très-fimples. Elles exigent toutefois de l'attention, des foins & un certain art. Plufieurs ouvriers en font leur proffion habituelle & s'y perfectionnent affez pour en tirer un falaire confidérable. On en cite qui ont obtenu jufques à douze cents francs par an pour recueillir chaque jour du *raclun*. Ils fe nourriffaient fur cette fomme; le fermier leur fourniffait feulement le cheval, la litière, le tombereau & les autres inftrumens.

Lorfque le fumier eft tranfporté & vidé dans la cour de la ferme, on y mêlange les immondices que nous avons dit qu'on plaçait fur la fommité de la litière. On fait enfuite de cet amas un fecond mêlange par couches alternatives avec du fumier d'écurie, foit de bœuf, foit

---

(1) Un gros fermier des Granges dépenfe chaque année plus de 5o francs en balais.

de cheval. On le laiffe en tas pendant 15 à 20 jours ; tems néceffaire pour qu'il fe *faffe*, c'eft-à-dire, pour qu'il acquière les propriétés fécondantes dont il eft fufceptible.

Les deux efpèces d'engrais ainfi mêlées, fe bonifient refpectivement. Ce n'eft pas qu'on ne puiffe employer feul l'engrais tiré des boues & immondices ; mais il eft en général trop actif. Lorfqu'on s'en fert en effet pour la fécondation du blé-froment, il le fait prefque toujours verfer ou pouffer en tuyaux fans graines. Il eft moins nuifible au chanvre & quelquefois on en garnit le fonds où l'on cultive cette plante.

L'engrais des immondices craint beaucoup l'évapora-tion & la deffication. En été, lors d'une féchéreffe fur-tout, on l'arrofe, chaque matin, pendant cinq à fix jours avec de l'eau qui s'écoule d'autres amas de fu-mier (1). Après quoi on le laiffe mûrir pendant deux femaines.

On attribue l'activité fingulière de cet engrais aux balayures des maifons, aux débris des auberges & prin-cipalement à l'urine (2) qu'on a recueilli avec les boues des rues ; la boue feule ne formerait qu'un engrais mé-diocre. Les rues les plus étroites font celles où on trou-ve le meilleur *raclun* : on conçoit que dans les rues très-larges & très-expofées au vent, l'évaporation doit être plus forte & plus rapide.

Cet engrais s'emploie fur le chanvre & fur le blé. Dans le premier cas, on couvre la terre d'un pouce & demi à deux pouces de fumier ; dans le fecond, de la moitié feulement, à moins que le fol ne foit mauvais, & alors on augmente la quantité. En général il en faut 18 voitures à 4 bœufs, ou 72 à un fort cheval, pour une fétérée de 900 toifes.

On enterre auffitôt & fans délai l'engrais, par un labour où on effleure à peine le fol, pour que l'engrais ne foit

_____

(1) Ou d'autre eau à défaut de celle-là. Un des meilleurs cultivateurs des Granges a éprouvé qu'en remuant & arro-fant, dans toute faifon, le fumier, il fermentait avec beau-coup de force & acquérait de plus grandes propriétés pour la fécondation.

(2) Le fang des animaux eft encore regardé comme fupé-rieur à l'urine.

couvert que de deux pouces de terre. Au fecond labour, on le couvre de deux autres pouces, en tout quatre pouces ; c'eft ce qu'on appelle *placer l'engrais entre deux terres*. On laboure enfuite, l'on herfe & l'on paffe le rouleau jufques à ce que la terre foit parfaitement ameublie.

On fème enfin le champ, en obfervant de diminuer d'un tiers la femence ordinaire, fi le fol eft très-gras.

On emploie en général dans la plaine de Grenoble, une quantité de femence qui parait bien confidérable : favoir, deux quartaux ou 40 livres de graine de chanvre (on en fème même davantage lorfque la terre n'eft pas bien ameublie), & fix quartaux ou 180 livres de blé par fétérée de 900 roifes, équivalant à 37 centièmes d'hectares, ou à un peu plus d'un arpent de Paris. Les cultivateurs juftifient leur méthode par le dégât que les limaçons & infectes font dans leurs femailles.

Il nous refte à expofer un des affolemens les plus ufités des fonds où l'on emploie l'engrais dont nous parlons.

1. *Avril.* On fème un chanvre qui produit huit quintaux par fétérée (1). Si ce premier chanvre eft très-bien venu, on en fème un fecond (2).

2. Au mois de *feptembre* fuivant on fème (3) un gros blé dit *groffian*, & au mois de *mars* un trèfle fur le blé (4).

Le blé produit 10 à 12 (brut) pour un. Si la faifon eft humide, on recueille une petite coupe de trèfle, pefant 20 à 25 quintaux. Dans le cas contraire, le trèfle ne fert qu'au pâturage, encore n'y envoie-t-on les beftiaux qu'avec modération.

------

(1) Y compris la portion donnée aux cinquenneurs ou autres ouvriers qui arrachent la plante, la mettent au routoir, &c. -- Voy. l'*Annuaire de l'Ifère, an X*, pag. 156--163.

(2) Quelquefois jufques à quatre, fur les *fablons* de l'Ifère. -- Voy. *le même annuaire*.

(3) Le chanvre prépare fi bien la terre pour le blé, (il détruit entre autres toutes les mauvaises herbes) que la première récolte de grain eft fupérieure à celles qu'on recueille après un engrais & fans chanvre. Un cultivateur a retiré ainfi d'un groffian ou *blé d'abondance*, jufques à *vingt* pour un.

(4) On fème dix livres de graines de trèfle par fétérée.

A 3

3. On recueille pendant la troisième année trois coupes de trèfle. La première pèfe 36 à 40 quintaux ; la feconde 30 à 36 quintaux ; la troifième 12 à 15 feulement. On eftime en général qu'une fétérée doit produire cette année-là 85 quintaux de trèfle.

4. Ce qui refte du trèfle après la troifième coupe, s'enterre pour femer un *blé fin* qui produit 7 à 8 (brut) pour un S'il eft bien venu, on en fème quelquefois un fecond. Il faut remarquer que le blé femé après le trèfle craint beaucoup plus la rouille occafionnée par les brouillards, que le blé femé après le chanvre (1).

Après les récoltes on engraiffe de nouveau la terre, & l'on recommence cet affolement ou tout autre, toujours fans *jachères*, car cette pratique eft heureufement inconnue dans notre plaine.

Récapitulation.

Succeffion de faifons très-favorables.	Succeffion de faifons moyennes.
Un engrais ; fix années ; neuf récoltes.	Un engrais ; quatre années ; fix récoltes.
2 Chanvres. 1 Blé *groffian*. 4 Coupes de trèfle. 2 Blés *fins*.	1 Chanvre. 1 Blé *groffian*. 3 Coupes de trèfle. 1 Blé *fin*.
9 Récoltes.	6 Récoltes, outre un petit paturage.

Il eft bien entendu qu'une fuite de mauvaifes faifons diminue beaucoup ces produits.

On cite des cultivateurs qui, dans les *fablons* d'Ifère, ont recueilli quatre chanvres, un *groffian*, quatre coupes de trèfle & deux blés fins, c'eft-à-dire onze récoltes, toutes abondantes, dans huit années, & après un feul

---

(1) Je n'ai trouvé aucune explication fatisfaifante de ce phénomène qui eft conftant Un cultivateur prétend que la rouille vient non feulement de l'action du foleil fur la plante. mais encore des difpofitions de la plante elle-même. Semées après le trèfle les graminées n'ont pas une bafe auffi unie ; elles font moins fortifiées & plus inégalement nourries.

engrais bien fait. Mais la fétérée, dans ces cantons, s'afferme *cent* à *cent dix francs*.

A l'égard des détails relatifs au chanvre, on peut confulter deux mémoires inférés dans l'annuaire de l'Ifère, le premier fur fa culture (an X, pag. 156 - 163), le fecond fur fa préparation & fon commerce (an XI, pag. 171 - 179). Celui-ci a été auffi inféré dans la bibliothèque commerciale de M. Peùchet, an 11.

Addition (novembre 1807).

Le mémoire précédent a été rédigé au mois de pluviôfe an 11, à la demande d'un des membres les plus éclairés de la fociété d'agriculture de Paris (M. F. D. N.). Deux ans après, le mode de recueillement de l'engrais a changé en vertu d'un arrêté de M. le Maire de Grenoble. Les cultivateurs de la plaine ont perdu leur privilège exclufif. Il eft permis actuellement à qui que ce foit de fe livrer à ce genre de travail; il fuffit d'obtenir de la mairie une licence qui fe délivre tous les trimeftres , & dont le prix eft de 9 francs lorfque le boueur fe fert d'un tombereau & de 6 francs s'il emploie une brouette. Les boueurs font au furplus affujettis aux mêmes charges que les fermiers de la plaine , & c'eft à ceux-ci qu'ils vendent l'engrais.

MÉMOIRE sur l'Engrais tiré des latrines de la ville de Grenoble , par M. Berriat-Saint-Prix. (Pluviôse an onze).

DANS la plupart des pays, la vidange des latrines ou foffes d'aifance eft une charge pour les habitans; à Grenoble & dans les environs elle eft un revenu pour les propriétaires de maifons, une reffource pour les fermiers, un moyen puiffant de fécondation pour l'agriculture.

On n'en a pas toujours tiré un parti auffi utile. Les Grenoblois indemnifaient d'abord, affez chèrement, comme prefque par-tout ailleurs , les fermiers qui fe chargeaient de ce travail défagréable, pénible, dangereux. Mais à mefure que l'agriculture fe perfectionna dans la plaine de Grenoble, ils réduifirent cette efpèce de taxe, & enfin, en exigèrent à leur tour une qui, d'abord très-modique, s'est augmentée progressivement jusques à la 20.ᵉ partie, environ, des loyers.

Les perfectionnemens de notre agriculture paraissent dater du commencement du 18.ᵉ siècle. Dans les âges précédens une partie de la plaine de Grenoble était ravagée par le Drac, une autre partie était couverte de bois, & sur-tout de marais. On doit au célèbre Lesdiguières les moyens puissans à l'aide desquels on se préserva des irruptions du torrent, torrent qu'il rélégua à l'extrémité de la plaine. L'accroissement successif de la population, celui de l'industrie, qui ont eu lieu depuis, & enfin l'établissement de plusieurs grandes routes sous le règne de Louis XV, ont fait peu-à-peu disparaître les bois & les marais (1).

L'accroissement du territoire agricole exigea une augmentation dans les engrais ; on apprit à employer avec succès celui des latrines, & dès-lors il dut augmenter de valeur.

Suivant le doyen des fermiers de la plaine, ... Bernard, qui, à l'âge de quatre-vingt ans, conduit encore sa charrue, les propriétaires de maisons fournissaient aux vidangeurs, il y a soixante-dix ans, la lumière, du

---

(1) Suivant un des plus éclairés de nos cultivateurs, la pratique suivante a singulièrement contribué à l'amélioration de notre agriculture & à l'accroissement des richesses de notre sol. Lorsqu'un cultivateur prend une ferme, il nomme avec l'ancien fermier & le propriétaire, des experts qui en examinent toutes les terres. On évalue les engrais qu'elles contiennent, & l'on en tient compte à l'ancien fermier ; tel champ sera, par exemple, fumé pour quatre ans, tel autre pour trois, tel autre pour deux, &c. Tout est évalué, & l'habitude apprend à faire ces évaluations avec une exactitude suffisante. Lorsque la fin du bail du nouveau fermier approche, il ne s'inquiète point de son sort futur, & la crainte d'être déplacé ne le détourne point des améliorations. Il sait que si les engrais qu'il enfouit excèdent en valeur ceux que lui a laissés, à son arrivée, l'ancien fermier, ils lui seront payés. Dans les cantons, au contraire, où l'on ne suit pas cette méthode, deux & trois ans avant l'expiration d'un bail, le fermier épuise tant qu'il peut le sol & ne le fertilise point.... Notre méthode devrait être recommandée, peut-être même ordonnée dans le code rural.

vin en abondance , & leur donnaient une étrenne. Aujourd'hui ils exigent, au contraire, depuis 7 juſques à 16 fr. par tombereau ou *brancard* (1).

Ces brancards, dans leſquels on recueille les vidanges, ſont très-grands & doivent être conſtruits avec beaucoup de ſolidité. Ils conſiſtent dans une caiſſe de bois blanc, enfeuillée & garnie de fortes hapés de fer à ſes quatre angles, & traverſée de diſtance en diſtance par des barres de fer retenues de chaque côté par des écrous (2). Elle a communément 10 pieds & demi de longueur, 2 pieds & demi de largeur & 2 pieds 3 pouces de hauteur.

Elle eſt ſupportée par quatre roues de la grandeur de celles des chars , mais ferrées très-fortement.

L'attelage entier coûte 6 ou 700 fr., & même davantage ; il pèſe de 15 à 20 quintaux, & lorſque la caiſſe eſt pleine (3), 50 à 80 quintaux. Il faut alors quatre gros bœufs pour le traîner ; on préfère le bœuf au cheval, ſur-tout quand il s'agit de conduire le brancard ſur des terres humides. Les chevaux tirent avec moins de conſtance & d'égalité ; ils ſe rebutent bientôt

---

(1) A Lille , département du nord , un tonneau de vidange contient 60 à 70 pots , chacun de 106 pouces cubes (*V. annales d'agric. franç.* , an 9 , p. 33), en tout 7420 pouces cubes. Un brancard de Grenoble contient 102,000 pouces cubes, ou 13 à 14 tonneaux de Lille. Ce tonneau ſe vend 5 à 6 ſous. Ainſi , dans la même proportion , le brancard de Grenoble devrait ne coûter qu'environ 4 fr. L'engrais , comme on le voit , a dans notre ville une bien plus grande valeur. Au reſte, le prix, à Grenoble, varie ſuivant les quartiers. Dans les rues très-baſſes & ſujettes à la filtration des eaux, telles que la rue Neuve , il ſe vend la moitié moins que dans les rues élevées , telles que les rues Pérollerie , Brocherie, de Mably , Vocanſon , Bayard , &c.

(2) Il y a au fond de la caiſſe quatre de ces barres ; et dans la partie ſupérieure , une ſur le devant & une ſur le derrière. On en place même aujourd'hui une perpendiculairement dans chaque angle. Un grand brancard exige juſques à 15 quintaux de fer.

(3) La caiſſe du brancard contient 40 à 50 quintaux de vidange , ſuivant que celle-ci eſt plus ou moins compoſée de ce que les fermiers nomment le BON, c'eſt-à-dire eſt plus ou moins épaiſſe. La vidange liquide pèſe beaucoup moins que l'autre.

A 5

lorfqu'ils éprouvent de la réfiftance ou de l'embarras dans leur marche.

Les réglemens de police autorifent la vidange des latrines depuis le 1.er novembre jufques au 1.er mars feulement. Si quelque accident, tel que la perte d'un effet précieux, engage un propriétaire à devancer la première époque, il faut qu'il en obtienne la permiffion du maire, & le maire ne donne ordinairement l'autorifation qu'en chargeant le pétitionnaire de brûler du vinaigre ou des fubftances aromatiques pendant la vidange, afin de prévenir les fuites qu'aurait l'infection dans des tems de chaleur (1).

On commence rarement les vidanges avant le milieu de décembre (2). Les travaux de la campagne, fouvent l'intérêt du vidangeur (3), le déterminent à reculer le plus qu'il le peut cette opération.

Les fermiers font partir leurs brancards à neuf ou dix heures du foir, fuivant la diftance de la ferme à la ville, où ils doivent arriver vers onze heures (4).

Chaque brancard eft rempli de litière, foit paille, foit chenevotes, foit *bauche* (5). Il faut quatre hommes pour en faire le fervice. La litière fe jette en tas contre le brancard, du côté de la foffe ; elle aide à atteindre la

(1) Les foffes de quelques grands établiffemens modernes font fi petites, qu'on eft obligé de les vider plufieurs fois dans l'année, même pendant l'été, telles font celles des caferoes de Sainte-Claire. Il ferait néceffaire d'affujettir les adjudicataires aux fumigations dont nous avons parlé.

(2) On prévient les habitans des maifons, de l'époque précife de leur vidange. Ceux-ci cherchent alors à fe préferver de l'odeur, ou du moins à en atténuer l'effet fur leurs meubles précieux. Mais les recettes qu'ils emploient font prefque toujours infuffifantes.

(3) Celui qui ne nettoie pas annuellement la même foffe, a intérêt à en reculer le *curage* pour avoir plus de matière. On trouve auffi un grand avantage à recueillir la vidange à l'approche du printems, au moment où l'on peut faire les travaux agricoles, auffitôt après l'avoir étendue fur le fol.

(4) On leur ouvre les portes de la ville à cette heure, ainfi qu'à cinq heures du matin, moment où ils doivent tous fe retirer.

(5) On préfère la bauche, mais elle eft beaucoup plus chère.

sommité du brancard, quand les domestiques y vont
verser leurs bennes.

Si la localité le permet, on ouvre la fosse un jour à
l'avance (1); la vapeur se dissipe en grande partie pendant ce tems.

On se sert d'un seau attaché à l'extrémité d'une perche
pour puiser dans les fosses; on vide le seau dans une
grande benne (2 pieds & demi de hauteur sur 2 pieds
de diamètre), en travers de laquelle est fixée une longue
barre. Deux manouvriers saisissent les extrémités de la
barre, portent la benne au brancard aussitôt qu'elle est
remplie, & la rapportent vide à l'ouverture de la fosse.
Pendant cet intervalle les autres manouvriers remplissent une seconde benne.

Lorsque l'engrais est de telle nature, qu'on ne puisse
le recueillir en puisant de l'ouverture extérieure de la
fosse (2), un des domestiques est obligé d'y descendre.
Là, placé sur les derniers échellons de son échelle, souvent même sur le sol & dans les immondices, il remplit,
à l'aide d'une pêle à-peu-près triangulaire, le seau, que
ses compagnons retirent avec la perche, & qu'ils vident
aussi dans la grande benne. Au bout de quelque tems,
d'un quart d'heure, d'une demie heure au plus, suivant
la vigueur ou la constance de l'ouvrier, l'un de ceux-ci
le relève, & successivement les autres jusques à ce que
la fosse soit entièrement vidée (3).

Dans cette circonstance, l'opération est tout-à-la-fois
plus longue, beaucoup plus pénible & infiniment plus
dangereuse. On doit avoir une corde à nœuds coulans
toute prête pour la jeter au manouvrier, lorsqu'il se
plaint de suffocation; & s'il ne s'en saisit pas ou s'il ne
la passe pas assez vite sous les aisselles, il faut descendre

---

(1) Les réglemens de police exigent, dans tous les cas,
cette ouverture anticipée, mais la construction des fosses en
rend souvent l'exécution difficile.

(2) On ne verse point, ainsi qu'on le fait ailleurs, de l'eau
dans les fosses; on craindrait de diminuer l'activité de l'engrais, de réduire la quantité du BON.

(3) On attache tant de prix à l'engrais, qu'on oblige les
ouvriers à balayer avec soin la fosse lorsqu'elle est tout-à-
fait vidée.

A 6

& s'aider à le tirer de fa pofition critique (1) ; on doit également être pourvu de vinaigre (2), qu'on lui fait refpirer auffitôt qu'on l'a forti & expofé à l'air extérieur.

Plus d'un manouvrier a péri dans cette opération, lorfque les fecours n'ont pas été affez prompts. Nous avons vu, il y a vingt ans, trois hommes afphixiés fans reffource, prefque au même inftant & dans la même foffe, en rue Neuve. Les accidens font plus rares aujourd'hui.

Avant la révolution les fermiers envoyaient leurs brancards à Grenoble, à l'entrée de la nuit ; on les rangeait fur les places publiques, d'où, à onze heures, on les conduifait aux foffes qu'on voulait vider. Mais dans cet intervalle les domeftiques allaient faire leur repas, & revenaient quelquefois pris de vin. Ils n'avaient plus alors, ni toute la force, ni toute la préfence d'efprit qui leur font néceffaires pour un travail auffi dangereux.

Nous avons indiqué l'heure à laquelle on envoie à préfent les tombereaux. Les domeftiques ne font leur repas qu'à leur retour à la ferme ; outre les alimens ordinaires, on leur donne à chacun une bouteille de vin... Les beftiaux font repus avant le départ & au retour.

Quoique ces précautions fages aient prévenu bien des accidens, il ne faut pas diffimuler qu'il en arrive encore quelquefois, & qu'il ferait néceffaire de rectifier les méthodes ufitées jufqu'à préfent.

Si l'ouverture des foffes d'aifance était placée dans toutes les maifons, de façon qu'on pût, fans péril, la découvrir un jour à l'avance (3), il n'y aurait guères

---

(1) On recommande aux ouvriers d'avoir toujours la corde atrachée fous les aiffelles ; mais, par je ne fais quel miférable préjugé, ils y répugnent prefque tous. Il arrive pourtant quelquefois que les forces leur manquent tout-à-coup, & que le fecours de la corde leur devient inutile.

(2) On a éprouvé que l'eau-de-vie ne devait point être employée dans ces occafions.

(3) L'adminiftration pourrait exiger cette difpofition dans les conftructions nouvelles ; & ce qui ferait encore plus fimple, d'après l'avis d'un cultivateur, on devrait creufer la foffe en pente, de manière que la partie la plus profonde fût placée perpendiculairement fous l'ouverture. C'eft dans les foffes qui s'enfoncent latéralement que l'on court le plus de rifques.

de précautions à ajouter à celles dont on ufe ; mais c'eft ce qui n'exifte point dans un grand nombre de maifons ; il faut donc invoquer ici les lumières que la chimie nous offre.

On trouve dans les annales des chimiftes français, tom. 6, pag. 86, un rapport où l'on indique plufieurs méthodes employées à Paris, dans la vidange des latrines ; malheureufement, outre qu'elles font contraires aux intérêts de nos cultivateurs, puifqu'elles prefcrivent de délayer les vidanges, ces méthodes font trop difpendieufes, & fur-tout trop compliquées pour être mifes en ufage.

La fituation de l'agriculteur, fes habitudes, les limites reftreintes de fes connaiffances, lui donnent de l'éloignement pour tout ce qui eft coûteux, embarraffant, fcientifique.

« Dans le gouvernement rural, dit l'écrivain le plus célèbre du 18.ᵉ fiècle, celui auquel un génie non moins fouple qu'étendu femble infpirer les vues les plus heureufes dans les fciences même qui lui font étrangères ; « dans le gouvernement rural il y a mille » inventions plus ingénieufes que profitables ; une mé-» thode doit être facile pour être d'un ufage commun ». — Voltaire, dictionnaire philofophique.

Le moyen le plus fimple qu'indiquent les auteurs du rapport (p. 107), & qu'on pratique à Grenoble lors des vidanges difficiles, confifte à jeter dans les foffes une botte de paille (à Grenoble, des chenevottes) allumée, qui, en fe confumant, renouvelle & purifie l'air (1). Mais ce moyen eft infuffifant, ainfi qu'ils le reconnaiffent, & il le ferait d'autant plus à Grenoble, qu'on n'y délaye point l'engrais, & que lorfque les ou-

_____

(1) L'émanation de gaz qui fe fait par les tuyaux & fiéges d'aifance en diminue le méphytifme. On cite une foffe dont le tuyau avait été bouché par une pièce de bois jetée dans les latrines à l'infçu du propriétaire ; lorfqu'on leva la pierre qui couvrait la foffe, il s'en échappa une odeur que les ouvriers ne purent fupporter. On effaya d'y defcendre une lampe pour reconnaître ce qui l'occafionnait, mais la lumière s'y éteignit conftamment, & l'on fut obligé de percer le tuyau pour donner de l'air à la foffe.

vriers en recueillent avec la pêle, ce qu'ils nomment le
BON, il se fait de nouvelles émanations de gaz non
moins dangereux que celui qu'on a déjà neutralisé. Il
ferait digne de l'immortel Guiton-Morveau, dont les
découvertes ont conservé la vie à tant d'hommes utiles,
soit français, soit étrangers, de rechercher la méthode
facile que nous réclamons.

Il faut environ une heure pour remplir un brancard;
mais si l'abord des fosses n'est pas aisé, ou si l'on est
obligé d'y descendre, ainsi que nous l'avons dit, il faut
quelquefois le double, le triple & le quadruple de ce
tems. Quatre hommes en remplissent ordinairement deux,
quelquefois trois dans la même nuit; car le nombre des
tombereaux est proportionné à la capacité des fosses.

Lorsque le tombereau est rempli, on le couvre de la
litière qu'on y enfonce, jusques à ce qu'elle soit bien
mêlée avec les vidanges : par ce moyen on empêche
celles-ci de verser lorsqu'on les transporte à la ferme à
travers un chemin ou terrein inégal.

Dès le matin suivant, si le tems le permet, on étend
les vidanges sur le fonds qu'elles sont destinées à fé-
conder; la neige n'arrête point cette opération, à moins
qu'il n'y en ait plus de quatre pouces (1).

On conduit, à cet effet, le brancard, attelé de bœufs,
sur le champ. On en étend la litière, mêlée comme
nous l'avons dit, très-légèrement sur la superficie. Lorsque l'engrais est découvert, un domestique, debout sur
le brancard (le dos tourné contre le vent), y puise
avec un seau, & arrose, aussi très-légèrement, les parties
du sol où il peut atteindre; on conduit successivement
le brancard sur les autres parties. Lorsqu'il ne reste plus
dans le brancard que du BON, on le recueille avec une
pêle, & on l'étend avec la même mesure (2).

_____

(1) Mais la neige délayant l'engrais, nuit un peu à son
action fécondante.

(2) On se plaint à Paris de l'infection qu'occasionne le voi-
sinage des Voiries. On la doit vraisemblablement à l'accu-
mulation des vidanges & des immondices. L'odeur d'une
vidange claire se dissipe deux ou trois jours après qu'elle a
été répandue sur un sol aéré. Il en faut sans doute davantage pour une vidange épaisse, mais les fermiers n'ont jamais
été incommodés de son odeur, qui, au reste, doit avoir moins
de force & d'effet pendant l'hiver, tems de sa dissémination.

Le degré de diffémination de la litière, & de la vidange ou de l'arrofage, ne peut fe connaître que par la pratique, & il fe proportionne d'ailleurs à la nature du fol. En général il faut dix à douze brancards de vidange par fétérée. Ainfi l'achat de l'engrais revient à cinq à fix louis par fétérée ; mais les dépenfes confidérables que l'extraction de cet engrais exige, augmentent beaucoup cette fomme.

Auffitôt qu'on le peut, & dans la quinzaine au plus après l'arrofage, on fait un premier labour pour couvrir l'engrais de deux pouces de terre & éviter ainfi qu'il ne s'évente (1).

Nous ferons obferver à cette occafion, que les principes de nos cultivateurs font bien différens de ceux des compagnies qui exploitent les vidanges à Paris ; ces compagnies les dépofent dans de grandes foffes, & les font deffécher à l'air pour les réduire enfuite en une pouffière qu'ils nomment *poudrette*, & qu'ils exportent principalement en Normandie.

Lorfque la neige furvient dans cet intervalle, on eft moins preffé pour le premier labour ; elle empêche en effet que l'engrais ne s'évente. Au refte, il faut ajouter qu'en faifant ce labour on fuit la charrue, & l'on pouffe avec un trident l'engrais dans le fillon.

Aux mois de mars & d'avril on fait trois autres labours, fuivant l'ufage ordinaire, & l'on fuit les affolemens indiqués dans le mémoire fur l'engrais des boues & immondices, auquel nous renvoyons également pour les réfultats de l'emploi de celui des latrines, ou pour les récoltes qu'il fait produire. Il fuffit de dire qu'il a en général de l'effet pendant quatre à cinq ans (2).

───────────────

(1) On éviterait cet inconvénient, ainfi que celui de la perte du tems, & l'on fe procurerait plufieurs avantages réels dans l'emploi des vidanges, fi, comme à Lille, on les recueillait dans de grandes citernes voûtées, où on les prendrait à mefure du befoin. Un de nos fermiers à qui j'ai lu l'article des annales d'agriculture, relatif à ces citernes, fe propofe d'en faire conftruire une. (Une citerne contient 16 à 1800 tonneaux, ou environ 120 de nos brancards).

(2) Il eft fingulier qu'à Lille (*V. les annales d'agriculture*), on foit obligé de le renouveller chaque année, & même deux fois par année, lorfqu'on perçoit deux récoltes dans la même

336

La qualité de la vidange change quelquefois ces réfultats à l'avantage de la culture & du fol. Plus l'engrais
contenu dans une foffe bien fermée eft ancien (1), plus
il a de l'activité & une activité durable. On a vu une
terre à chanvre fe reffentir pendant quinze ans de la
vidange d'une foffe qu'on n'avait pas nettoyée depuis
vingt à vingt-cinq ans (2). Le fermier qui m'a cité le
fait, était voifin de ce fol, dont les récoltes abondantes excitaient d'autant plus fon admiration, peut-
être fon envie, qu'il avait laiffé échapper l'occafion d'en
acquérir lui-même le moyen fécondant. Je ne puis
m'empêcher de retracer ici les regrets naïfs qu'il m'ex-
primait dans fon langage naturel. « Pendant quinzians,
» tote le fé que je paffavo devant la chenevéri de
» Piare, je me mordiains la laingua d'avé manqua que
» la cufina ». (Pendant quinze ans, toutes les fois que
je paffais devant la chenevière de Pierre, je me mordais
la langue d'avoir manqué cette cuifine).

L'activité reconnue de cet engrais en a, nous l'avons
dit, fucceffivement fait augmenter la valeur ; c'eft qu'il
n'eft plus recueilli, comme autrefois, par les feuls fermiers du voifinage de Grenoble. On vient aujourd'hui
le chercher de tous les villages environnans, même à
quatre milles de diftance, de Seyffins, Saffenage, Saint-
Robert, Meylan, Domêne, Eybens, Echirolles....

Ce concours des agriculteurs éloignés, en enchériffant
l'engrais, a diminué les reffources des cultivateurs de la
plaine de Grenoble. Ils payent des prix de ferme très-

---

faifon, telles que du blé & enfuite des navets. Il faut, ou
qu'on délaye trop cet engrais, ou qu'on n'ait pas encore
perfectionné la méthode de fon emploi.

Au refte, à Grenoble ainfi qu'à Lille, on s'en fert avec
fuccès fur les plantes potagères.

(1) Ainfi les matières ne fe dénaturent point par le laps de
de tems, ainfi que le foupçonne l'auteur de l'article des
annales d'agriculture (p. 39) déja cité. Leur quantité diminue : leur qualité s'améliore.

(2) En général, les foffes fe vident à Grenoble tous les
deux ans, & tous les trois ans au plus tard. A Lille, elles
fe vident deux fois par an.

confidérables (1), & en général les engrais annuels qu'ils emploient coûtent plus que leur prix de ferme. Ils ont été obligés d'ufer d'induftrie pour réduire cette dépenfe d'engrais, & depuis environ dix ans ils ont adopté la méthode de l'écobuage ou brûlage des terres (2), dont ils fe trouvent très-bien (3).

SUPPLÉMENT aux Mémoires précédens.

Observations sur les secours que les villes prêtent à l'agriculture par leurs engrais.

L'influence heureufe des villes fur la profpérité des campagnes & fur celle de tout le corps focial, n'eft point un problême pour ceux qui s'occupent d'économie politique. Mais les perfonnes auxquelles cette fcience eft étrangère la révoquent en doute ; elles attribuent même aux villes un effet bien oppofé. Suivant beaucoup de moraliftes, une grande ville eft une fangfue pernicieufe qui pompe tous les fucs néceffaires à la vie d'un état, qui épuife les campagnes, leur enlève les bras dont elles ne peuvent fe paffer, les prive de la dépenfe des riches, dépenfe néceffaire au bien-être de leurs habitans, &c.

Un difciple de Stewart & de Smith peut fourire de telles maximes, mais la multitude les accueille ; elles forment bientôt une opinion générale ; & fi quelque fecouffe violente met entre des mains inexpérimentées le gouvernail de l'Etat, elles lui impriment une direction

(1) 70 liv. par fétérée de 900 toifes, ou un peu plus d'un arpent de Paris ; rente fupérieure à celle de prefque tous les pays les plus riches. Dans le mas de Saint-Roch on paye jufques à 110 fr.

(2) Nous nous propofons de donner la defcription de cette méthode.

(3) Nous ne nous fommes pas contentés de nos propres obfervations pour les faits expofés dans ce mémoire & le précédent. Nous avons confulté plufieurs agriculteurs inf-truits. Nous citerons entr'autres MM. Bernard, Rochas, Morel, Roux, & fur-tout M. Roffet-Breffan.

dont les conféquences fâcheufes fe font fentir pendant long-tems.

Un philantrope inftruit (M. F. D. N.) defire réconcilier les villes avec les campagnes ; il veut évaluer ce que celles-ci donnent à celles-là , & ce qu'elles en obtiennent en retour ; fon projet eft tout-à-la-fois louable & utile ; il me demande d'effayer ce travail fur la ville de Grenoble.

Je ferai tous mes efforts pour feconder fes intentions , mais les moyens me manquent pour les remplir autant que je le voudrais. Bien loin de confidérer les calculs fuivans comme entièrement exaéts , je ne les préfente que comme des apperçus propres à donner une idée des fecours fournis aux campagnes par les villes (1).

La population de la ville de Grenoble s'élève à environ 22,000 habitans, y compris les étrangers & la garnifon.

Il eft impoffible de connaître , d'une manière direéte, la confommation qui fe fait à Grenoble. La portion la plus confidérable de la nourriture de fes habitans, le blé, n'eft affujetti à aucune déclaration ; beaucoup de grenoblois ne s'en pourvoient point au marché ; enfin, prefque tous font eux-mêmes leur pain , & les boulangers ne fourniffent en général que les auberges & les maifons opulentes. Il faut donc calculer cette confommation d'après les méthodes approximatives employées dans les ouvrages d'économie politique.

Moheau , dans fes excellentes recherches fur la population de la France (liv. 1 , ch. 5 , qu. 8), ouvrage trop peu répandu, eftime la confommation annuelle de chaque individu, toute efpèce de nourriture étant réduite en grain, à 2 fétiers de Paris. Nous fuivrons cette évaluation (2) qui nous a paru affez approximative , d'a-

---

(1) Ceux qui s'occupent de recherches de ftatiftique , doivent favoir combien elles font difficiles. J'avoue que lorfque je ne connais pas les élémens dont on s'eft fervi pour la compofition d'un ouvrage de ce genre, & fur-tout lorfque l'ouvrage n'a pas été fait près du lieu qu'on veut y décrire , je le range dans une claffe peu éloignée de celle des mille & une nuits.

(2) C'eft auffi celle de Meffance , p. 286 ; celle de Lagrange eft plus forte.

près plusieurs observations qu'il est inutile de rapporter.

Le sétier de Paris contient 12 boisseaux ou 15 décalitres 234 millièmes; le quartal de Grenoble, mesure dont nous nous sommes servis dans les mémoires précédens, vaut un décalitre 833 millièmes; huit quartaux & un tiers valent donc 15 décalitres 277 millièmes, ou à peu de chose près, le sétier de Paris.

Le sétier de Paris pèse 240 livres, & le quartal de Grenoble, 30 livres, poids de cette ville. Ainsi, un sétier de Paris pèse à-peu-près 250 livres poids de Grenoble. Nous pouvons donc évaluer la consommation annuelle de chaque habitant de Grenoble, à 500 livres (ou deux sétiers de Paris), ou à 16 quartaux & 2 tiers, & la consommation totale des 22,000 habitans, à 366,666 quartaux, toute espèce de nourriture étant réduite en blé.

Passons à présent aux productions que peuvent procurer les engrais tirés de la ville de Grenoble.

On estime qu'on fait chaque jour cent tombereaux de l'engrais des immondices ou *raclun*, en y comprenant l'engrais des quartiers dont les habitans le recueillent eux-mêmes. Il y a environ trois cents jours ouvrables dans l'année; ainsi, il sort annuellement de Grenoble, trente mille tombereaux de cet engrais.

S'il ne s'agissait que d'évaluer cet engrais en argent, comme chaque tombereau vaut trois à quatre francs, on n'aurait pour résultat que 90 à 120 mille francs, mais c'est l'influence de l'engrais sur les productions du sol qu'il faut estimer.

La terre ne rend qu'autant qu'on lui prête ; voilà un des axiômes fondamentaux de l'agriculture, axiôme trop méconnu par les partisans du système absurde de la division indéfinie des propriétés. On conçoit qu'une terre bien ameublie, à l'aide de la bêche, produira une certaine quantité de grains, quoique on ne l'ait pas engraissée. Mais si cette terre n'est pas douée d'une grande fertilité naturelle, & les terres fertiles ne forment peut-être pas la dixième partie de notre sol, il faudra la laisser tous les deux ans en jachères (1). Sous ce premier point de vue, dès que les

_____

(1) Nous croyons avoir démontré les inconvéniens de ce système, dans le cours d'économie politique que nous avons fait à l'école centrale.

engrais font produire les terres chaque année, on peut dire qu'ils doublent les productions agricoles. Mais comme les productions d'une terre munie d'engrais font bien supérieures à celle d'une terre où l'on n'en met point, je crois ne pas faire un calcul exagéré, en confidérant les productions dues à l'engrais, comme trois fois plus fortes que celles dues au fol fimplement labouré. Ainfi, en fuppofant que notre territoire produife cent mille quintaux de grains, on pourrait dire que foixante & quinze mille quintaux font dûs aux engrais dont on l'a fécondé.

Cette proportion a même paru faible à plufieurs agriculteurs que nous avons confultés. *L'engrais eft tout*, répétent-ils fans ceffe.

Nous avons vu que dans la plaine de Grenoble on garniffait chaque fétérée de 900 toifes, de 72 tombereaux d'engrais tiré des immondices : les 30,000 tombereaux qu'on recueille à Grenoble fécondent donc annuellement 416 fétérées & deux tiers, & comme l'action de l'engrais dure au moins quatre années, la fécondation annuelle totale s'étend à 1666 fétérées.

Si une fétérée n'était femée qu'en grain, elle en produirait chaque année 60 à 72 quartaux (1). On peut donc évaluer à 100 ou 120 mille quartaux la production totale de l'affolement, & au moins à 100 mille quartaux, déduction faite de la femence ; ainfi, d'après la proportion précédente, l'engrais des immondices procure une production annuelle de foixante & quinze mille quartaux.

Il ferait très-facile de connaître avec précifion la quan-

---

(1) Le trèfle qui eft produit pendant la troifième année, & le blé fin qu'on récolte pendant la quatrième, font d'une valeur inférieure au blé *groffian* recueilli pendant la feconde, mais en revanche, la valeur du chanvre cultivé pendant la première, eft bien fupérieure à celle du groffian.

Au refte, le *trèfle* exige divers foins pour en tirer parti ; 1.° on le remue peu lorfqu'il eft encore fur le fol dont on l'a féparé ; 2.° on le fait fécher rapidement dans des granges vaftes & aérées ; à l'aide de ces précautions & autres femblables, on prévient la déperdition de fes fucs ; auffi eftime-t-on le trèfle de la première coupe autant que le foin. Celui de la feconde coupe vaut un quart moins ; celui de la troifième fe defféche peu : on le mêle avec de la paille, & il forme une excellente nourriture.

tité d'engrais qu'on extrait des latrines de Grenoble. Il suffirait que le Maire recommandât aux portiers de tenir pendant un hiver la note du nombre de brancards qui entrent par la porte confiée à leur garde (1), mais c'est ce qu'on n'a point fait jusques à présent. Nous sommes donc obligés de recourir à des données plus ou moins approximatives.

Le nombre des habitans est la base qni nous a paru la moins fautive. Plusieurs personnes évaluent le produit des latrines, à 3 francs par individu; d'autres à 2 francs 50 centimes, d'autres à 2 francs seulement ; choisissons l'évaluation la plus faible, nous aurons pour valeur totale des vidanges, la somme de 44,000 francs (2). Le prix moyen de chaque brancard étant 10 à 12 francs, nous trouvons que Grenoble doit en produire 4000, & pour moins courir le risque de commettre quelque erreur, nous réduisons cette quantité à 3500 brancards.

Nous avons vu qu'il fallait dix brancards pour engraisser une sétérée. Il y aura donc 350 sétérées fécondées partiellement chaque année, & 1300 en tout, puisque l'engrais féconde pour quatre années. Si nous répétons ensuite les calculs faits à l'occasion de l'engrais des immondices, nous trouverons que celui des latrines procure une production annuelle d'environ soixante mille quartaux de blé, & les deux engrais réunis, une production totale de cent vingt-cinq mille quartaux, c'est-à-dire, *plus du TIERS de ce qui est nécessaire à la consommation de la ville.*

Nous n'avons point compté, dans ces calculs, l'augmentation de valeur que l'engrais procure au sol, par l'amélioration; celle des engrais d'écurie qu'il occasionne, par la production des fourrages artificiels à l'aide des-

---

(1) On évaluerait ensuite l'engrais recueilli dans les fauxbourgs, en comparant le nombre de leurs maisons à celui des maisons de la ville, sauf à distraire quelque chose de leur produit, parce que les maisons de la ville sont en général plus grandes.

(2) On trouvera peut-être que la production due aux engrais des latrines, est bien forte en comparaison de leur prix d'achat ; mais il faut faire entrer en compte les frais excessifs que coûte le recueillement de ces engrais.

quels on entretient un plus grand nombre de beftiaux, &c., &c.

Il faudrait auffi joindre aux deux engrais précédens d'autres engrais qu'on tire de la ville; tels font le fumier des chevaux de luxe, celui des pigeons & autres animaux domeftiques élevés chez les rôtiffeurs; les débris des diverfes fabriques, les *retailles* du cuir des fouliers & bottes, par exemple, qu'on emploie dans les vignes, &c., &c.

Au refte, nous croyons devoir le répéter, nous ne préfentons point ces calculs comme offrant des réfultats exacts, mais comme pouvant donner une idée des fecours que les villes font en état de fournir à l'agriculture (1).

Ces fecours font fans contredit très-puiffans, & ils font prefque par-tout négligés, fur-tout dans les grandes villes où comme Paris, ils offriraient des reffources prodigieufes. Loin de chercher à les mettre à profit, on a été fi frappé des inconvéniens des vidanges, que des favans du premier mérite ont propofé (*V. les annales de chimie, au lieu cité*) de fupprimer les foffes d'aifance, & défiré que les immondices & excrémens fuffent emportés par des courans d'eau établis dans les rues (2).

Qu'un agriculteur, qu'un chimifte viennent des rives de la Seine, jeter un coup-d'œil fur les récoltes de la vallée de l'Ifère; qu'ils comparent, avec les productions de leur fol, nos chanvres dont la hauteur eft quelquefois de dix à quinze pieds; qu'ils examinent avec fcrupule s'il y a un pied carré de terrein qui ne foit pas cultivé ou en productions.... Peut-être changeront-ils alors d'opinion, peut-être l'agriculteur cherchera-t-il à fe procurer un fermier grenoblois (3) qui faura tirer parti des immon-

---

(1) V. au refte la richeffe des nations, liv. 3, ch. 4.

(2) Nous ne parlons point ici de la *poudrette*. Outre que les dépôts dans lefquels on la fait, caufent une plus grande infection que notre méthode; il eft évident que la deffication à l'aide de laquelle on obtient cet engrais, doit détruire la plus grande & la meilleure partie des vidanges.

(3) Voilà le feul moyen de répandre cette pratique aux environs de Paris : les livres les mieux faits ne fauraient avoir la même influence. Les agriculteurs ne lifent point; ils font en général affez méfians ; ils tiennent a leur routine...

dices & vidanges, & qui, au bout de quelques années, quadruplera la valeur de ses domaines; peut-être le chimiste cherchera-t-il les moyens d'ôter l'insalubrité (1) & de prévenir les dangers qui accompagnent le nettoiement des fosses d'aisance, plutôt que de réclamer la suppression d'une des ressources les plus importantes de l'agriculture.

Il faut leur mettre sous les yeux les résultats d'une bonne méthode, si l'on veut qu'ils l'adoptent. Il ne serait ni difficile ni bien coûteux de procurer aux environs de Paris, à un cultivateur de l'Isère ou du Nord, une ferme un peu avantageuse, sous la condition qu'il y emploierait l'engrais des latrines.

(1) On ne s'est jamais plaint à Grenoble que les vidanges altérassent la santé des habitans. Cependant nous l'avons dit, elles s'y font suivant une méthode assez mauvaise, méthode qu'il est très-possible de perfectionner.

344

345

346

347

348

34ig

350

www.ingramcontent.com/pod-product-compliance
Lightning Source LLC
Chambersburg PA
CBHW061619180626
46818CB00005B/2144